ERWIN LO

HISTOIRES DU PAYS DES FRANCONS

Nielrow Éditions
Dijon
2018

Éditions Nielrow
Dijon - France

ISBN : 978-2-490446-09-4

TABLE

AVERTISSEMENT

Les contes qui suivent ont chacun pour origine une réflexion sociologique ou historique menée par les uns et les autres parmi ceux qu'on nomment penseurs ou philosophes. Ils ont été écrits dans les années 70. On s'apercevra qu'ils auraient pu l'être aujourd'hui.

DU PAREIL AU MÊME

La révolution, c'est retourner le sablier – Jean Dubuffet

Dans la capitale d'un pays barbare d'Occident, jadis bien entendu, des agitateurs révolutionnaires se réunirent un soir dans une taverne borgne que fréquentaient non seulement les rebuts de la société, comme il se doit, mais aussi certains ministres du Chancelier et maints membres des Assemblées Royales. En ce temps-là, les cabarets brassaient et les gens et les idées.

Le ton de la discussion monta, qui avait commencé à voix basses. Le contenu des pichets et la présence de quelques têtes du Parti du Roi, expliqueront la chose.

Un grand dégingandé s'arracha la casquette et la lança sur une table :

"- Le peuple en a jusque-là des impôts injustes !

Des cris fusèrent, d'approbation d'un côté, de réprobation de l'autre. Le fomentateur de troubles poursuivit :

- Paierons-nous longtemps pour saler nos mets ?

- A bas la gabelle !

- Débourserons-nous longtemps pour passer les ponts ?

- A bas les péages !

- Nous obligera-t-on longtemps à utiliser les moulins, fours et lavoirs royaux ?

- A bas les banalités ! entendit-on cette fois du côté opposé de la salle.

Mais le chef des insurgés ne se démonta point :

- Devrons-nous longtemps supporter les fermiers généraux et les publicains voisins ?

- A bas les traites !

- Hésiterons-nous longtemps à prendre femme pour ne pas avoir à régler la redevance sur le foyer ?

- A bas le fouage !

- Verrons-nous longtemps défiler le chapelet des maltôtes ?

- A bas les impôts-rustines !

- Agissons enfin ! Oublions que ce que vous versez en ce moment dans vos gobelets coûte plus en droits qu'en marchandise...

- A bas les aides !

- ... et buvons à la justice fiscale. Les riches doivent payer !

- A bas les nobles !

Là-dessus, on vida force godets.

Le calme revenu, un homme de belle allure s'approcha du groupe d'anarchistes :

- Messieurs, je me présente : Jacquou du Royaume des Francons.

- Ah ! fit un rebelle, quel beau pays que celui des Francons ! Démocratique, républicain...

- Avec vous, au moins, les rois n'ont qu'à bien se tenir ! ajouta un enragé.

- Chers amis, j'admire vos convictions, et je les comprends, continua l'étranger en s'asseyant lourdement. Puis il se servit à boire.

- Je les comprends, oui, car là-bas, la situation était la même il y a peu de temps encore. Hélas ! nous les Réformateurs, les Pères de la République et de la Liberté, n'avons plus l'affection du Peuple.

- Comment cela ? questionna un terroriste.

- Ne croyez pas que je veuille dénigrer ma patrie...

- Mais encore ? demanda un curieux.

- Voilà... comme vous maintenant, ce soir en particulier, nous avons palabré, manigancé, espionné, comploté, fomenté, bref, mené les préliminaires à l'avènement de la Révolution. Nous enjôlâmes les coeurs, et enrôlâmes les gens. L'entière population, ou peu s'en faut, nous donna son appui et sa bénédiction. Il ne pouvait en être autrement, pensez : plus de ceci, plus de cela, plus d'impôts injustes, plus même d'impôts du tout... En prime du paradis, on lui promis le paradis fiscal...

– Alors ? interrompit un excité.

- Alors ? Nous avons renversé le Roi et brûlé les châteaux. La liesse se répandit dans les rues et sur les routes ; on y chanta les hymnes. On déchanta plus tard, car il fallut rétablir les impôts scélérats.

- Quoi ? hurla le chef des trublions, et pourquoi donc ?

- Quelle idée pourquoi ! L'Etat, République ou pas a besoin de sous.

Un mercenaire s'indigna :

- Et les nobles, et les bourgeois riches, ils ont payés, oui ?

- Certes, mais leur nombre ne fut pas suffisant pour combler le trou du Trésor républicain. Sans compter que beaucoup ont mis la clé sous le pont-levis pour venir s'installer chez vous par exemple. De plus, on sait bien que plus personne n'est riche après une révolution. Il ne reste donc qu'à faire payer tout le monde. Il est plus intéressant de ponctionner la multitude que l'exception, c'est une des conséquences de la loi des grands nombres.

- Oui, mais chez nous, remarqua le chef des mutins, dans notre pays, il n'existe pas d'hostilité envers les impôts justes.

- Mon ami, rétorqua l'homme, des impôts justes il n'y en a qu'un, et il se définit ainsi : impôt direct et proportionnel à la richesse d'abord, et aux revenus de chacun ensuite. Mais ce qu'il rapporte ne peut pas suffire à l'Etat qui se mêle de tout, vit au-dessus de ses moyens, distribue sans vergogne les fonds publics aux moins nécessiteux qui sont en général ceux qui braillent le plus. Et puis, appauvrir les riches n'a jamais enrichi les pauvres. Lorsqu'un pays tend à écrêter au plus bas, c'est toute la société qui sombre. Mon pays est riche aujourd'hui, mais les Francons sont pauvres. Finalement, il fallut instaurer un impôt indirect, modulable par chacun au moment de ses achats.

- Veux-tu dire, explosa un conspirateur, que la gabelle...

- Eh, la gabelle est morte, vive la T.V.A. !

- Et les droits de passage ?

- Pégaes maintenant, ils sont revenu !

- Et les banalités ?

- Pareil ! Courrier d'Etat, diligences, Tabacs Nationaux...

- Mais les traites ?

- On y est revenu : droits sur tous papiers, règlementation et tracasseries variées.

- Et les feux ?

- Pardi ! Il faut bien que nos communes nouvelles, nos départements et nos régions, ainsi que les roitelets qui les gouvernent ne sombrent pas dans la misère !

- Et les maltôtes ?

- Ah ! les maltôtes. Rien n'a changé : on bouche toujours les goufres des caisses par des prélèvements aussi divers qu'inattendus, en cas de sécheresse, d'inondations, de pénurie, de sur-production...

- Alors là-bas, on grève encore le vin ? grommela un ivrogne.

- tabacs, alcools, jeux, arrêts de carrioles, pissotières... Tenez, même pour travailler, il faut engraisser l'une des quatres vieilles.

- Chez nous, au contraire, on nous paie à travailler ! gloussa un niais.

- Voilà, camarades, ce que je puis vous dire sur ce qui vous attend.

L'homme se leva brusquement et disparut dans la nuit.

Un grand silence plana sur la taverne borgne.

Puis chacun estimant qu'il avait trop bu, sortit, sous le regard goguenard des gens du Roi.

Les soirs suivants, on se rassemblait comme par devant, en se riant de l'étranger aux propos controuvés que l'on taxa d'être un provocateur des factions royales.

DÉSAPPOINTEMENT

La foi, c'est refuser de connaître la vérité -
Nietzsche

Lettre d'un Francon à son ami.
Saint-Estienne, le 18 avril 82.

Cher ami,
Je reviens ce soir de La Nigaudière.
Peut-être as-tu déjà lu quelque écho se rapportant aux évènements étranges qui s'y produisent. Aussi, laisse-moi te conter succinctement ce que j'ai vu là-bas, mon insatiable curiosité m'ayant poussé à m'y rendre en cette période pascale, par la route.

La plus grande partie des passagers de l'autocar au départ de Saint-Estiene, se composait de vieillards, de malades, d'infirmes, de paralytiques, et de bonnes soeurs dont certaines les accompagnaient. Les autres voyageurs portaient en bandoulière ou sur leurs genoux : lunettes diverses, appareils photographiques, caméras, magnéto-phones, que sais-je encore !

La place de La Nigaudière fourmillait.

Je descendis du car sans idée précise quant à la direction à suivre pour accéder au potager miraculeux ; alors je me mêlai à un groupe de personnes, à tout hasard. Mais aucune d'elles ne connaissant ce gros village, nous errâmes pendant un quart d'heure jusqu'à ce qu'un monsieur ne demandât dans une maison ; son occupant pointa son index horizontalement, puis referma sa porte en haussant les épaules.

Je parvins rapidement sur les lieux : un carré de terre, clos par un grillage, et jouxtant une maisonnette. Un grand nombre de pèlerins y avait déposé des bouquets et des couronnes de fleurs. Dans cet enclos, où l'on ne décelait rien qui rappela une quelconque culture, au milieu des offrandes, se dressait une Vierge de plâtre.

Des gens la caressaient ; d'autres l'embrassaient ; d'autres priaient agenouillés ; d'autres patientaient, assis dans des fauteuils roulants ; d'autres somnolaient, allongés sur des civières. Une dame déposa, aux pieds de la statue, un billet de loterie.

Il se disait dans la foule que, d'après la petite Blondine, absente à ce moment-là, la Vierge devait se manifester bientôt. Pas celle en plâtre, la vraie.

Puis, parmi de nouveaux pélerins, des reporters de la télévision, de la radio, et des journaux arrivèrent.

Cher ami, je ne livre ici que le témoignage d'un badaud, et je ne puis t'éclairer sur la cause de ce qu'il advint ensuite ; toujours est-il que le père (je le suppose) de la fillette aux apparitions, sortit brusquement de la maison proche qu'il se mit à discuter ferme avec les journalistes en faisant de grands gestes (je crus même qu'ils en venaient aux mains), qu'il paraissait très en colère, et qu'il leur cria :

" Foutez-moi le camp ! "

Un des hommes de la radio insista, le questionnant sur l'heure de la visite de la Vierge. Il rétorqua qu'Elle ne se montrerait pas, et cela par sa faute et celle de tous les journalistes. Et tournant les talons, il réintégra son logis.

Partout dans le bourg, les gens scrutaient le ciel, un avant-bras placé en visière, ou bien au moyen de jumelles. Certains s'entretenaient de leurs découvertes : une femme affirma avoir aperçu de drôles de nuages, des nuages aux formes bizarres ; un homme soutint avoir nettement distingué l'astre du jour qui dansait.

A mon tour, j'observai du zénith à l'horizon et de l'horizon au zénith, mais sans rien entrevoir du phénomène extraordinaire.

Vers quatre heures, je ressentis le besoin de me restaurer. J'achetai donc un cornet de frites et une bière fraîche chez un marchand ambulant installé plus loin.

Soudain, d'une voiture qui traversait lentement le village, de l'intérieur, quelqu'un muni d'un mégaphone lança cet avertissement que, cher ami, je te rapporte fidèlement quant à son objet :

"Avis à la population,

Communiqué de Monsieur le Maire de La Nigaudière, en collaboration avec le Centre d'Ophtalmologie et les Services Sanitaires :

Nous recommandons aux personnes présentes de ne pas regarder le ciel d'une manière continue. A fixer le soleil, même au travers de lentilles teintées, elles risquent de subir de graves dommages oculaires. L'une d'entre elles l'a fait, et croyant que le soleil se dédoublait, a persévéré, sans se rendre compte qu'elle devenait aveugle."

Mais la mise en garde du Maire ne produisit aucun effet. Chacun voulait voir quelque chose.

Je retournai dans le potager. En un endroit que je n'avais pas remarqué, de braves gens se pressaient autour d'une source miraculeuse qui avait jailli dès les premières visions surnaturelles de Blondine, quelques jours auparavant. Elle consistait en un trou rempli d'eau trouble, à côté duquel on avait posé une cuvette destinée sans doute aux ablutions.

La petite, elle, demeurait invisible. Cependant, on parlait de l'affaire ailleurs : à deux pas de moi, une vieille dame collait une oreille sur son récepteur à transistors qui diffusait les nouvelles. Celles-ci traitaient justement du mystère de La Nigaudière : un prêtre déclarait qu'il fallait rester très prudent avant de conclure au miracle, et que la fillette aimait probablement trop les images pieuses ; puis il fit allusion à des individus originaires d'Italie qui étaient entrés en relation avec son père et qui le manipulaient ; puis il indiqua que les autorités religieuses regrettaient qu'on exploitât ainsi l'évènement parmi les professionnels de la communication ; enfin, l'ecclésiastique allégua qu'une apparition de la Sainte-Vierge le jour de Pâques lui semblait peu plausible, car ce jour-là, Elle avait mieux à faire au Ciel avec son fils Jésus.

Un peu déçu, je levai les yeux aux nues, une ultime fois, et je me dirigeai vers l'arrêt de l'autocar, lequel était déjà reparti pour Saint-Estiene. Je priai des pélerins afin qu'ils m'emmenassent dans leur véhicule ; mais leur empressement à m'exaucer me conduisit à tenter l'auto-stop. Le marchand de frites me sauva. Le long du trajet, il sifflota sans discontinuer un air enjoué.

Voilà, cher ami, relatée mon excursion à La Nigaudière.

Et j'admets n'avoir rien vu, rien appris qui puisse émerveiller un amateur de mystère tel que toi ; mais je m'efforcerai dans les prochains jours de collecter des informations fraîches, dont je te ferai part si tu le permets, ce que je pense.

Ton dévoué,
DUCLERE

L'INVENTION

Le sondage est devenu la vérité – Milan Kundera

Il était un roi, jadis, au pays des Francons, qui, bien que persuadé que ces derniers le chérissaient, puisque lui-même oeuvrait pour leur bonheur comme tout roi qui se respecte et qui espère de la postérité, émit le désir ardent d'avoir la confirmation de ses augustes supputations.

Il convoqua donc son chancelier et lui enjoignit de chercher, et de trouver si possible, un instrument fiable qui eût permis de connaître exactement leurs pensées.

Il faut dire, pour expliquer ce qui suivit, qu'en ce temps-là, les rois choisissaient leurs chefs de gouvernement au vu des diplômes qu'ils possédaient, par conséquent d'après leurs capacités professionnelles, voire culturelles, lesquelles surpassaient de beaucoup celles du *Francon moyen* (expression à la mode de cette époque, qui désignait la plupart des Francons, c'est-à-dire ceux qui n'avaient ou pas de diplômes de cette valeur ou pas de diplômes du tout). Car les responsables de la politique, abstraction faite de leur intelligence innée, et souvent même héréditaire ou congénitale, sortaient tous en droite ligne du fameux établissement royal spécialisé : L'Académie des Nombres d'Etat. Ils y apprenaient principalement à torturer les chiffres, et s'y entraînaient accessoirement à leur judicieux emploi.

Le chancelier de ce bon monarque, plus que ces prédécesseurs, aimait à manier et à classer tout ce qui pouvait se manier et se classer. Il cogita un soir, plus fort que de coutume et inventa ainsi :

Un procédé nouveau pour la mise au jour et à jour des pensées et aspirations des Francons.

Nous avons découvert un fragment du document qu'il déposa aux Royales Inventions, chacun ayant alors la faculté d'y déposer n'importe quoi, pourvu que ce fût nouveau :

... cette méthode inédite d'enquête donne sans erreur manifeste un tableau édifiant de l'état de l'opinion commune dans le Royaume. Elle nécessite :

1° De poser, par écrit de préférence, une ou plusieurs questions présentant un rapport plus ou moins lointain avec l'objet premier de l'enquête.

2° De sélectionner un certain nombre de sujets de Sa Majesté, un mille par exemple, d'après des critères divers tels que : la classe sociale, la profession, la fortune, la race, le sexe, l'âge, le niveau de culture, le nombre d'enfants, la taille, le tour de poitrine, la pointure, la couleur des yeux, etc.

On rassemble ainsi un groupe hétérogène dans son détail, mais homogène dans sa représentativité, qui constitue un échantillon lequel comptera donc quelques riches bourgeois industriels, quelques paysans pauvres de petite taille, quelques serfs hâlés sans culture, quelques mendiants oisifs parents de trois enfants, quelques curés contestataires, quelques barbares aux yeux bleus, quelques femmes bavardes, etc.

3° De recevoir de chacun des individus retenus, un ou plusieurs avis sur la ou les questions posées. Ces avis standardisés varient en fonction du sens de l'interrogation ; en voici des spécimens :

- Oui, plutôt oui, favorable, plutôt favorable, plutôt pas défavorable, plutôt pas favorable, plutôt défavorable, défavorable, plutôt non, non.

Cas particuliers : ne sais pas, ne veut pas savoir, pas d'avis, plutôt pas d'avis, ne se prononce pas, ne dirai rien, ne veux rien dire.

4° De classer ces avis d'après leurs similitudes.

5° De calculer les pourcentages.

6° De sortir enfin des opinions privées de chacun, une opinion publique...

Le souverain se satisfit de l'invention du chancelier, et ordonna qu'on l'appliquât sur le champ, en interrogeant les gens sur l'idée qu'ils se faisaient des ministres et de leur chef. Mais ce dernier se montra déférent, arguant que l'inauguration du système revenait au Roi qui en tirerait une gloire impérissable.

Aussitôt, on créa un organisme dont la tâche unique consista dans la collecte des sentiments des Francons.

Six mois plus tard, on apporta au Roi les résultats de la première enquête. Nous les avons dénichés dans les Archives Royales, que tout le monde peut compulser aujourd'hui à condition d'avoir des relations :

Etes-vous satisfait ou mécontent de votre roi comme Roi des Francons ?

- Très satisfaits : 5%

-Plutôt satisfaits : 32%

- Plutôt mécontents : 29%

- Très mécontents : 14%

- Ne se prononcent pas : 20%

Mois de décembre.

Le monarque entra dans une ire folle devant le désastre :

"- S'agit-il là de la gloire promise, Chancelier ?

—   Sire, que Votre Majesté garde tout son calme habituel, car il n'y a pas matière à s'alarmer. Cette opération, comme les prochaines d'ailleurs, n'a et n'auront qu'un but informatif, et n'oblige et n'obligeront point le Trône.

- Alors, à quoi servent et serviront-elles ? Si je t'ai demandé de m'inventer un moyen propre à connaître les désirs du peuple, c'était dans l'intention de m'y conformer, dans la mesure de mes possibilités, et de faire par là-même son bonheur.

- Certes, Majesté, mais la question ne porte pas sur votre abdication éventuelle, et puis les Francons apparaissent parfois si volages, inconstants. Tenez, Sire, j'ai préparé une autre formulation ; avec votre accord, je la remets à l'instant à mes actuaires."

Quand le chancelier revint le surlendemain auprès du Roi, il lui tendit un parchemin qu'il parcourut d'un air plus serein :

Approuvez-vous, ou n'approuvez-vous pas la façon dont le bon Roi des Francons remplit ses fonctions ?

- Approuvent : 42%

- Désapprouvent : 42%

- Ne se prononcent pas : 16%

Mois de décembre.

"- Sire, vraiment, n'est-ce pas mieux ?

- Mieux... mieux... oui, mais pas extraordinaire !

- Allez-vous, majesté, démissionner à cause d'une moitié de vos sujets ? Abandonnerez-vous l'autre moitié ?

- Juste, Chancelier, mais à ce que je constate, suivant la manière dont on formule les questions...

- Ah ! Sire, le peuple ! ... nous pouvons sans aucun doute améliorer ces résultats.

- Tu me prépares quelque chose, Chancelier...

- Votre Majesté possède des dons de devin. Je lance immédiatement mes gens dans la rue !"

Une troisième fois, le premier serviteur du Royaume se présenta au souverain qui rayonna enfin :

Approuvez-vous ou désapprouvez-vous la politique du Roi des Francons ?

- Approuvent : 45%

- Désapprouvent : 38%

- Ne se prononcent pas : 17%

Mois de décembre.

- Ah ! tout de même ! Mais que n'as-tu, Chancelier, utilisé plus tôt cette question ?

- Sire, nous nous habituons progressivement à mon invention ; à l'usage, nous deviendrons des experts. Que Votre Seigneurie dorme sur ses deux oreilles ; quand nous aurons compris tous les arcanes de cette science nouvelle...

- Oui ?

- ... nous poserons, Sire, les bonnes questions, aux bons moments, aux bons Francons."

Le monarque, soudain, parut abattu. Il plaça son menton sur le revers de sa main droite, son coude droit sur sa cuisse gauche, et sa main gauche sur le genou du même côté. Dans sa position favorite, il demeura silencieux pendant une éternité, à ce qu'estima le chancelier. Puis il se leva brusquement :

- Honnêtement, je commence à douter de l'intérêt de ces enquêtes...

- Sire, que se passe-t-il ? Des résultats favorables au trône nous autorisent à clouer le bec à ces anarchistes...

- Si jamais les Francons se lassaient de moi, ne devrais-je pas me démettre, pour leur salut ?

- Il ne peut, Majesté, être possible d'envisager un seul instant d'abdiquer à cause de simples échantillons populaires.

- J'ai une idée, Chancelier, consultons tous les sujets du Royaume.

- Votre Grandeur n'y songe pas sérieusement ? Veut-elle vraiment que ce soit le peuple qui La gouverne ?

Le monarque sourit, puis les mains derrière le dos, entama une marche circulaire autour du chancelier :

- C'est bien ce que je pensais... en admettant que tu aies correctement effectué tes enquêtes...

- Oh ! Sire !

- ... plus je retourne le problème dans ma tête, plus je me persuade qu'il ne sert à rien de ponctionner les âmes. Comment expliquer qu'une majorité de Francons affirme son mécontentement envers ma personne en tant que Roi, qu'elle semble convaincue par ma politique, et qu'elle reste partagée quant à la manière dont je m'y prends pour la conduire ? Si les gens approuvent ma politique, ils devraient faire de même en ce qui concerne ma façon de gouverner. Ensuite, l'homme qui est responsable, moi donc, devrait également les contenter, puisque n'exerçant qu'une fonction politique.

- Votre Majesté parle ici de trois consultations différentes.

- Et après, car entre elles existe bien un rapport, un lien commun qui est la politique, à moins que tu n'aies pondu que des interrogations vides, isolées, sans contexte réel, et que les Francons n'aient donné que des avis en l'air. En outre, tes services ont opéré quasiment dans le même temps en ces trois occasions. Sans doute avanceras-tu que les échantillons différaient à chaque fois ? Dans ce cas, il faut les réformer pour manque de représentativité, un comble.

- Certes pas, Sire !

- Vois-tu, Chancelier, et je te fais part de mon opinion réfléchie, il y a loin entre l'esprit dans lequel on interroge et celui dans lequel on répond. On questionne les gens à propos d'une chose ; ils se prononcent sur cette chose altérée de considérations conscientes ou non qui lui sont étrangères, quand ils ne le font pas sur un tout autre sujet. On nage ici dans l'irrationnel. Par exemple, dans ta dernière enquête, ma politique déplaît à certains parce qu'ils n'aiment pas ma bobine ou la couleur de mes frusques, et elle plaît à d'autres en l'occurrence la majorité, qui se réfère probablement à des canons esthétiques différents, ce qui ne peut que me rassurer... Tes consultations nous apportent des éléments d'appréciation vagues, diffus, qui portent un masque. En vérité, ton invention ne nous révèle que ce que l'on sait déjà, c'est-à-dire que rien n'est simple dans le monde des idées. J'ignore si elle représente un progrès pour le sociologue, mais pour moi, chiffres et sentiments ne font pas bon ménage. Je ne puis donc tenir compte des résultats de tes enquêtes de rues pour connaître objectivement les pensées politiques des Francons, ni à fortiori pour déterminer mon action, tu le déclares toi-même...

- Absolument !

- ... laquelle serait soumise à des variations incompatibles avec la stabilité que l'on attend de mon régime. Les Francons se montrent volages et inconstants ? Cela tient à leur nature et à celle de l'homme. Asseoir mes décisions sur leur opinion du jour conduirait le pays au naufrage : un esquif livré aux caprices des flots.

- Mais alors, Majesté, les résultats des élections des représentants populaires à la Chambre, relèvent aussi de ces caprices, s'il me prend à raisonner ?

Le monarque se dirigea vers son trône et s'y cala :

- Ne raisonne pas trop, Chancelier ! Mais ta remarque est juste. Bien qu'avant les élections, s'engage quelquefois un débat général, lequel, s'il se déroule sans démagogie, autant dire jamais, peut amener les Francons à voter objectivement, du moins en partie. En partie seulement, car un choix pur, d'une objectivité parfaite, n'a aucune réalité. Comprends bien que lors d'une élection, chaque vote devrait être la matérialisation d'un choix issu de considérations d'abord politiques. Mais cela ne se passe jamais ainsi ; le subjectif imprègne tout, même ce que l'on dit objectif...

- Je m'y perds, Sire...

– ... bref, aussitôt le dernier bulletin introduit dans l'urne, la rengaine des doléances reprend. Si l'on se soumet à la volonté du peuple, si je puis appeler volonté du peuple le résultat d'un tel système, c'est par convention, par la Loi. Cela s'avère nécessaire pour la bonne marche des affaires du Royaume qui en ces temps est une démocratie royale ou une royauté démocratique comme tu voudras. Si l'on voulait que l'opinion des gens coïncidât sans interruption entre deux législatures avec celle de la Chambre, il faudrait aux gens voter tous les quinze jours. Ce qui reste du possible. Au final, qu'il y ait un roi puissant ou une chambre puissante, le peuple n'est jamais en accord continu avec lui-même ni avec son monarque ou sa Chambre. Donc démocratie ou monarchie, c'est du pareil au même. Le peuple a besoin que l'on s'occupe de lui, voilà tout ; il a plus besoin de justice que de droit de vote ; s'il a les deux c'est encore mieux, mais je m'égare...

- Votre Altesse parle d'or...

- Conclusion, Chancelier, ton système ne m'est point utile, car il ne peut satisfaire le besoin pour lequel il a été créé.

- Ce qui signifie, Sire ?

- Que nous ne nous en servirons plus ; si nous voulons rester honnête, s'entend.

- Sire, ma belle invention, que vais-je en faire ?

–   Je ne sais que te dire. Oublie-la. Ou donne-la aux journalistes, ils s'amuseront avec ça !"

LA MACHINE

Toute médaille a son revers – Proverbe

Dans le très ancien pays des Francons, les devins annoncèrent un jour l'apparition d'une merveilleuse machine envoyée par les dieux.

Les prêtres, aussitôt, tout en se prosternant aux pieds des idoles d'albâtre, se méfièrent de cette soudaine générosité, d'autant plus qu'ils marquaient naturellement une défiance sans borne envers les choses propres à dissiper les ouailles.

Le Grand Sacrificateur rapporta néanmoins, trois semaines plus tard, la nouvelle extraordinaire au Roi : Gerpros dévoilerait aux Francons le secret du transport sans chevaux.

- " - Sans chevaux ! Comment cela ? Est-ce possible ? s'écria le monarque.

- O Majesté ! je partage votre prudence. Il y a de la sorcellerie là-dessous, chuchota l'augure.

Le Conseiller du Trône, tapi dans l'ombre jusqu'ici, demanda la parole :

- Votre Altesse a raison, comme toujours, de prêter l'oreille aux réserves émises par certains.

Mais je pense sincèrement que cette machine présente bien des avantages, d'après ce que j'en sais.

- Moi, je n'en vois guère, siffla le prêtre à l'adresse de celui qu'il n'appréciait que très peu.

- Que lui reproches-tu ? interrogea le Roi.

- Sire, cette machine va ruiner l'industrie chevaline. Que vont devenir vos palefreniers, cochers, et autres maréchaux-ferrants ? Faudra-t-il vider les caisses du royaume pour les payer à se tourner les pouces, ou les laissera-t-on mendier sur les marches de votre palais ?

- Sottises que tout cela ! Majesté, Gerpros ne consent à fournir qu'un seul exemplaire de la machine. A nous, je veux dire au peuple d'en fabriquer d'autres. Dans ces conditions, les gens de cheval trouveront sans peine de quoi se rendre utiles.

Le Grand Prêtre qui haïssait vraiment le Camerlingue, rétorqua sèchement :

- A quoi bon remplacer nos braves chevaux par des engins sans âme ?

- Pardi ! Si les dieux nous offrent cette machine, elle possède forcément une âme, puisqu'elle émane d'eux directement.

— Et à quoi va-t-elle servir exactement, Camerlingue sans coeur ? Qu'a-t-elle de plus que nos chevaux ?

- Mes Sieurs, ne commencez pas à vous chamailler ! trancha le Roi.

Le Conseiller-Camerlingue se cabra :

- Elle servira à gagner du temps, grâce à sa vélocité.

- Explique-toi fit le monarque intéressé.

- Sire, le bruit court qu'elle roule trois fois plus vite qu'un cheval au galop.

- Trois fois plus vite ?

- Oui, Votre Altesse.

Le Grand Prêtre piaffait :

- O, Roi bien-aimé ! A quoi bon la vitesse ? Et pour aller où ?

- Le souverain lorgna du côté du Conseiller qui souriait :

- Majesté, d'après les calculs des Chevaliers de la Science, la machine vous transportera d'ici, du Royal Palais à votre résidence d'hiver, en quatre écoulements de sablier.

- Par tous les dieux ! Quatre sabliers au lieu de deux jours quand tout se passe bien ! Entends-tu Grand Sacrificateur ?

- Certes, Majesté. Cependant, je crains que vous n'ayez plus le loisir de contempler nos beaux paysages.

- Hum, le paysage, je le connais sur le bout des cils.

- Et puis, Sire, Gerpros aime bien que l'on réponde à ses bienfaits. Et là, je suis plus inquiet.

- Alors, que veut Gerpros, que tu ne m'ais pas encore dit ?

Le Grand Prêtre grimaça et se tripota la glotte, tout en jubilant intérieurement :

- Alors, Sire... un sacrifice annuel.

- Si ce n'est que cela ! Combien souhaite-t-il de têtes ? Du menu ou du gros bétail ?

- Ah , bien-aimé Roi des Francons ! Si seulement ! Mais Gerpros et les dieux avec lui exigent des humains.

- Des humains ?

- Oui, mon Roi adoré, dix mille personnes par année.

- Dix mille ! Mais c'est le nombre de sujets que je gouverne dans ma seule bonne ville de villégiature ! Et il me faudrait anéantir une ville par an ? Tout merveilleux que soit le secret, il ne vaut pas si cher. As-tu marchandé au moins ? Et toi Camerlingue, qu'as-tu à redire ?

- Evidemment, je ne puis mettre en balance une machine et la vie de braves Francons. Mais Sire, j'attire l'attention de Votre Majesté, sur les conséquences résultant d'un refus précipité... les dieux ont leurs raisons... et si jamais Votre Grandeur déclinait leur offre, je lui laisse à penser à qui elle profiterait...

- ... A nos ennemis ! s'exclama ce roi intelligent.

Le monarque se gratta les deux poils de barbe de son menton en silence, durant une longue minute, puis bondit de son trône en pétant et dit :

- Qu'on m'apporte la machine ! Je vais me rendre compte par moi-même.

Un seizième de dieu, mandaté par Gerpros, se présenta, porteur donc d'un specimen de l'engin mystérieux. La chronique que l'on peut consulter aux Royales Archives quand elles sont ouvertes dit :

"... Il avait l'aspect d'un oeuf qu'on eût coupé en deux dans le sens long, avec deux roues sur le côté droit, et deux roues sur le côté gauche ; et il avait des yeux sur le devant, et des yeux sur l'arrière ; en haut, et tout autour, on voyait ses fenêtres de cristal ; des ailes battaient aux côtés, et par ses ailes on pouvait y pénétrer. Il produisait un bruit de tonnerre par moments, et par moments un ronronnement pareil à celui du tigre en rut. Et voici, il se déplaçait, mû par l'esprit, à droite, à gauche, devant, derrière, en soulevant un nuage de poussière. Suivant que l'esprit le poussait plus ou moins vite, une colonne de fumée plus ou moins noire et nauséabonde s'échappait de sa queue..."

La populace, assemblée sur la place où évoluait le monstre, s'épouvanta :

Le Roi se montra brave et l'apaisa :

—   N'ayez pas peur, fidèles sujets, ceci n'est point dangereux.

Prudemment tout de même, il entra dans l'oeuf coupé en deux, en obligeant le Grand Prêtre, qui lui n'en menait pas large du tout, à l'accompagner.

Quand il eurent tourné en rond, sur une lieue de distance, parmi la foule béate et déjà presque rassurée, Sa Majesté stoppa :

- Les dieux ne sont pas vains, crénom ! Et chacun pourrait posséder ce bijou ? N'accorderions-nous pas une trop grande faveur au vil peuple ?

A cet instant, le Camerlingue passa sa tête par une ouverture sur le côté et articula tout bas :

- Il s'amusera avec cela, et pendant ce temps, il ne songera pas à ces idées venues de l'étranger, qui sentent le chaos, et qui font tant de mal aux royaumes. Quant à la machine qui portera le Blason Royal, Sire, on la fabriquera en or massif, on la sertira de diamants, et on la drapera intérieurement des soies les plus fines ; pour les gens du commun, le bois ou le fer laminé suffiront.

Le souverain hochait son auguste chef.

- Dix mille âmes, Majesté !murmura le Grand Prêtre.

- Et puis, que Sa Grandeur songe à notre industrie, à notre commerce, aux taxes nouvelles que nous pourrons prélever.

- Dix mille âmes, Majesté !

- Enfin, quel avantage sur nos ennemis, si par hasard nous installions nos archers sur de telles machines !

–   Dix mille âmes, Majesté !
- Tu te répètes, Grand Sacrificateur, s'irrita le Roi. Bon ! Va plutôt remercier Gerpros de ma part.

- Altesse...

- Oui, je sais, dix mille âmes ! Et sur leurs chariots à boeufs, ils ne se tuent pas sans doute ?

- Sire, supplia le Serviteur des dieux, de Votre Royale Bouche même, cela ne vaut pas tant !

- Tu me fatigues avec tes jérémiades, éructa le monarque, descends !

La-dessus, il démarra sur les orteils du Camerlingue, en éjectant par la même occasion le Grand Sacrificateur trop lent à s'extirper.

L'ENVOYE SPATIAL

L'homme doit croire en quelque chose ; moi je crois que je vais boire un autre verre – W.C. Fields

Juste au moment où je rebouchais ma fiole de marc vieux, reconstituant efficace des astronomes amateurs en hiver, un astre étincelant, au zénith, apparut. Après un tour de reconnaissance, il manoeuvra lentement, parvint au-dessus de ma tête, que je cachai avec le reste dans le buisson le plus proche, puis sans bruit, atterrit dans le champ à partir duquel je fouillais le firmament à l'aide de ma lunette.

Je ne pus distinguer qu'une forme vague, car la lumière qui en émanait, m'aveuglait ; aussi, pour entrevoir quelque chose de précis, je regardai de côté et en biais, suivant la méthode éprouvée des professionnels. Mais je n'entr'aperçus qu'un engin à demi-sphérique, de la taille d'une automobile, et rien de plus.

Et il sortit.

Je fus impressionné par l'être qui se découpait dans l'étrange clarté, à une quinzaine de mètres de moi ; et je claquai des dents.

Jamais je n'avais rencontré, ni même osé imaginer une entité pareille à celle-ci : minuscule, plus large que haute, elle n'avait ni bras, ni jambes, ni tête ; en vérité elle n'avait pas grand-chose, à tel point que je crus l'espace de quelques secondes, qu'il s'agissait d'un paquet qu'on laissait choir de l'objet volant. Mais non ; cela bougeait ; plutôt cela rampait, se contorsionnait, et réussissait, par on ne sait quel miracle, à se mouvoir sur le sol.

Le lecteur devinera difficilement les pensées qui fleurirent pêle-mêle dans mon cerveau alors. Je puis aujourd'hui lui affirmer que l'une d'elles me poussa à m'enfuir comme un voleur, et qu'une autre l'effaça, car issue de cette incurable curiosité qui m'habite d'ordinaire ; quant aux suivantes, elles ne m'appartenaient point : en effet, je sentis qu'au sein même de mes neurones, une force inconnue cherchait à s'exprimer. La sensation, analogue - du moins je le suppose - à celle qu'eût éprouvée, s'il l'eût pu, un poste de radio que l'on eût essayé de régler sur une longueur d'onde précise, s'avère, on me le pardonnera, ardue à décrire plus explicitement.

Elle s'exprima donc, et soumit l'intérieur de mon crâne à une sorte d'illumination au milieu de laquelle je perçus une voix bizarre, au timbre qui ne l'était pas moins :

- Je m'appelle Xeuxis. Bienvenue à toi, Homme Long !

Ma surprise grandit d'entendre qu'on me souhaitât la bienvenue. Le parallélépipède vivant comprit tout de suite :

- O géante créature, tu as pénétré dans le domaine d'Alphératz, voici environ deux mille de tes ans.

Dans mon buisson, je rougis en songeant que je ne saisissait rien de ce qu'il me transmettait, et surtout qu'il s'en rendrait compte bientôt. Il allait me prendre pour un crétin, à coup sûr.

- Dissipe tes craintes à ce sujet, Créature Oblongue. Et puis, sors de là, j'ai du mal à te voir. Oui, tu me parais bien jeune, mais ce que je te dis concerne tes semblables en général. Je veux simplement t'indiquer que l'orbite de ta planète traverse actuellement le royaume de mon père.

- Ah ! fis-je.

Je commençai à me trouver ridicule à converser intérieurement avec un être tout aussi ridicule, et qui, de surcroît, se déclarait d'un autre monde. Je chassai très vite ces pensées, de peur de l'offenser.

- J'ai l'habitude, retentit la voix dans ma tête, mais revenons à ce qui m'amène vers toi. Donc je suis Xeuxis, Prince du Premier et Unique Royaume parmi les galaxies, Alphératz, comptant vingt-deux milliards de soleils simples, dix-sept millions de soleils doubles, trois millions de soleils triples, et autant de planètes. Mais laissons les chiffres... Ecoute, nous attendions depuis treize mille ans qu'un astre extérieur habité passât près de chez nous. Cette planète rend banales les plus belles que je connaisse. Les Alphériens la désignent ainsi : Azura. Et je viens y quérir les éléments du Bien Universel, si rares dans le globe sidéral.

Je le remerciai, toujours télépathiquement, du compliment prononcé envers ma Terre natale, puis je l'interrogeai sur les raisons qui le conduisaient à s'adresser à moi particulièrement, à moi parmi des milliards de gens, en l'assurant qu'il risquait de le regretter, car je ne savais pas le moins du monde ce que représentait le Bien Universel.

— Tu es le trois mille deux cent dixième Terrien auquel je me montre, répondit Xeuxis. Sache que neuf cent soixante d'entre tes pareils ont eu peur de moi ou de mon vaisseau, que sept cent douze m'ont pris pour un farceur, que six cent vingt huit ont essayé de me capturer pour me vendre, que cinq cent trente et un ont tenté de me faire subir un sort quelconque, dont le moindre eût consisté à m'écraser avec leurs talons, et que trois cent soixante dix huit ne possédaient point assez de cervelle pour que je m'y intéressasse. Tu me sembles, toi, bien éclairé des choses de ta planète et de l'espace où elle évolue. Mais nous nous écartons de l'essentiel, Azurien.

Dans notre royaume règne déjà une part du Bien. On n'y rencontre que beauté, bonté, sagesse, bonheur, amour et miséricorde. Alphératz connaît toutes ces vertus. Néanmoins les Magnifiques veulent plus de beauté, les Bons plus de bonté, les Sages plus de sagesse, les Bienheureux plus de bonheur, les Amoureux plus d'amour, et les Miséricordieux plus de miséricorde. Nous recherchons donc, mon père, ses sujets et moi, l'Absolu de tout cela. Et nous nous y évertuons depuis des milliards et des milliards d'années d'Alphératz. Le seul qui détient l'Absolu est l'Introuvable, cet esprit mystérieux, multiple et un, générateur de paix, de félicité, créateur de l'Univers, du Bien, du Mal, du Beau, du Laid, du bas, du haut, de ce lieu, de l'ailleurs, du partout et du nulle part, dans lesquels il se meut avec aisance.

Là-dessus, je fais les gros yeux à l'idée que son papa et lui vivent depuis tant d'années :

- Je réalise ton étonnement, Sujet Longiligne. Cela te paraît-il important ? Alors je vais étancher ta soif de curiosité :

Au commencement était le néant. Vois-tu, le néant doit avoir une certaine consistance car de lui sortit notre monde. Du Grand Magma sortirent les galaxies, les étoiles, les planètes. Quand nous a-t-on engendrés ? Seul l'Invisible pourrait nous le dévoiler. Nous sommes depuis toujours et serons tant qu'Il le permettra. Oui, nous parcourons le temps, immortels ; du moins jusqu'à ce jour, personne dans le Royaume n'a disparu. Bien sûr, il se produisit jadis des guerres que mon père gagna toutes. Mais il ne put que chasser les mauvais bougres, les fauteurs de troubles, lesquels se sauvèrent pour s'établir à Tyrachab, l'Espace de Feu, très loin d'Alphératz. Dans Sa sagesse, le Très-Haut n'avait point jugé utile que quiconque pût disposer à son gré de la Vie.

Aujourd'hui, les instants s'écoulent sans heurts dans nos galaxies. Et chacun dans son domaine, dans sa spécialité, s'efforce de parvenir à la Vive Lumière qui mène à Lui. Certains s'occupent à explorer des planètes inconnues, d'autres, toujours dans la quête du Plus-Que-Parfait, scrutent sans cesse l'immensité intersidérale, d'autres méditent sur l'Absolu, d'autres encore font oeuvre matérielle en construisant de nouveaux mondes, etc. Tu tombes des nues, Créature Filiforme. En effet, nous agrandissons sans relâche notre aire de Bien, parce qu'on ne se prive pas, en face, à Tyrachab, de bâtir mauvais.

Aussi, quand nos éminents Grands Voyeurs découvrirent Azura, ils en référèrent au Roi, mon père, qui ordonna qu'on allât étudier de près ce joyau du ciel. On lança les Grands Voyageurs dans des vaisseaux de reconnaissance, lesquels, après maintes révolutions autour de l'astre splendide, se posèrent à sa surface. Ils en revinrent épouvantés à la seule vue des monstres qui l'habitaient. Mon père entra dans une violente colère, car sur une telle merveille il ne pouvait y avoir de monstres : si ses habitants n'étaient pas beaux à voir, ils étaient au moins bons. Mais les expéditions suivantes détalèrent, elles aussi, encore plus effrayées : outre leur laideur, les Azuriens se révélaient d'une nature abominablement méchante et délétère envers tout ce qui les entourait. Personne ne voulut plus y retourner ; alors mon père renvoya chacun à ses travaux galactiques et me confia cette mission. Je l'accomplis comme je peux, en restant prudent, car j'ai vite compris la peur de nos explorateurs, si je me rappelle cette fois où je dus laisser aux humains mon enveloppe charnelle (que j'avais revêtue par commodité) qu'ils ont clouée sur un bout de bois. Vraiment, ils ont de ces idées... Malgré tout, mon espoir ne faiblit pas quant à ce qui me préoccupe.

Je répondis à Xeuxis qu'il n'existait rien de parfait sur Terre et qu'il y perdait son temps.

- O Azurien, parle donc normalement, bien haut, comme d'usage ici-bas, car je peine à te suivre à cause de ton terrible accent.

— Cependant, Xeuxis, il me naît une hypothèse ; Celui que vous cherchez, Celui qui dirige tout, ressemble vaguement à l'entité que les hommes nomment... Dieu.

- Ce nom résonne en moi... et penses-tu...

- Vous m'en voyez presque persuadé. Mais il ne loge pas ici. Remarquez, je ne formule qu'une opinion ; d'autres vous jureront qu'ils Le côtoient chaque jour qu'Il fait. Nul pourtant ne L'a jamais aperçu.

- Que sais-tu de Lui, Homme d'Azura ?

- Ma foi, on dit qu'Il règne sur un royaume de bien où l'on ne trouve que beauté, bonté, sagesse, bonheur, amour et miséricorde ; bien sûr Il est immortel et même éternel ; il gouverne au Ciel, aidé par Son fils et des anges créés à Son image ; je ne vais pas énumérer ce qu'on Lui doit : cela va du plus petit atome à la plus vaste galaxie. Loin du Ciel brûlent de mauvais anges désobéissants dans ce qu'il convient de désigner par l'Enfer. Voilà résumé, quelques variantes mises à part, ce que beaucoup de nos religions s'accordent à enseigner... Ha ! j'oubliais : Son fils vint un jour sur la terre et des vilains jaloux le crucifièrent.

- Explique-moi ce dernier mot, Homme Haut, s'il te plaît.

- Crucifier signifie faire mourir sur une croix.

- Quelle horreur !

- Oh ! mais rassurez-vous, Xeuxis, le procédé n'est plus employé par nos civilisations.

- Et... de quand date cet épisode affreux ?

- De deux mille ans, à peu près.

- Deux mille ans ?

- Deux mille ans.

- Je n'en reviens pas ! s'écria Xeuxis.

- Mais si, je vous prie de me croire ! répondis-je bêtement.

- Non sur ce point, je ne discute pas.

- Alors qu'est-ce qui vous tourmente, Xeuxis ?

- Si je comprends bien...

- Oui Xeuxis...

- Le Grand Architecte...

- Je reste suspendu à votre organe télépathique.

- Tout considéré...

- Par pitié, Xeuxis...

- Ce pourrait être...

- Qui ça ?

- Moi ! Enfin Nous.

- Comme vous y allez, Xeuxis ! Vous ? Dieu ! Et puis, je ne saisis pas du tout le fait que vous ignoriez votre divin état.

- Par Tyrachab ! Je veux dire : par mon Père ! J'ai débusqué la Solution. La Grande Quête d'Alphératz s'achève ce soir sur la Planète Bleue.

- Xeuxis, vous ne répondez pas à ma question.

- Terrien, Je te bénis ! Je sais tout, et Je me félicite de t'avoir rencontré, toi parmi tes frères. Je tiens l'Absolu, la Connaissance Universelle. Malheureusement, Je l'apprends de la bouche d'une créature de Tyrachab.

- Quoi ? par Jupiter !

- Mon fils, un peu de retenue.

– Pardonnez-moi, Xeuxis, mais...

- Hélas, oui. Sans aucun doute, Azura appartient à Tyrachab.

Un instant attristé par le propos tenu si catégoriquement par le Divin-Venu-d'Ailleur, je le jugeai, à la réflexion, pertinent.

- Tyrachab, l'Enfer, quoi !

- Absolument ! Mais ne te chagrine pas trop, Je vais t"expliquer. Cela dissipera ce qui demeure chez toi, Homme, plus nébuleux que la Voie Lactée, et te tracasse au point de te colleter avec tes congénères s'ils n'émettent pas des convictions semblables aux tiennes...

Je protestai, en lui assurant que je ne m'étais jamais battu à cause de vulgaires histoires de religion.

- ... il s'agit de ce secret que tu M'aidas à découvrir, qui résout en totalité les mystères Me concernant, ainsi que ceux de la création. Te sens-tu prêt à affronter La Vérité ?

- Je piaffai, avide d'éclaircissements :

- Je vous écoute Xeuxis.

Soudain, Il se transforma, prit forme humaine.

Je vis comme de l'airain poli, comme du feu, au-dedans duquel se dressait cette silhouette, et qui rayonnait tout autour ; depuis la forme de ses reins jusqu'en haut, et depuis la forme de ses reins jusqu'en bas, je vis comme du feu, et comme une lumière éclatante dont elle était environnée. Tel l'aspect de l'arc qui traverse la nue après un orage, ainsi était l'aspect de cette lumière éclatante qui l'entourait : image glorieuse quelque peu effrayante. A cette vue, je tombai sur ma face, et j'entendis la voix de quelqu'un qui parlait :

Ma femme, une torche électrique braquée sur moi m'éblouissait.

- Qu'est-ce que tu fabriques encore ?

- Eh bien... j'observe les étoiles, chérie.

- A qui parlais-tu donc ?

Qu'allais-je raconter à ma femme ? Que je conversais avec un extra-terrestre en forme de boîte à chaussure, ou avec notre Dieu à tous en mal d'Absolu ?

Je louchai en direction du lieu d'atterrissage de l'engin : plus rien. Ni Xeuxis, ni objet volant.

- Je te trouve bizarre, dit-elle en tournant les talons et en haussant les épaules.

Que faisais-je là, devant ma lunette givrée ? Avais-je rêvé ? Rêvais-je ? Le plus sûr moyen de me réveiller, était encore d'aller me coucher. Ce que je fis.

Dépôt légal – 4ème trimestre 2018

www.ingramcontent.com/pod-product-compliance
Lightning Source LLC
La Vergne TN
LVHW050621200726
843508LV00010B/1959